Conforme à la loi n°49.956 du 16 juillet 1949
sur les publications destinées à la jeunesse.
ISBN : 978-2-09-251160-2
N° éditeur : 10175287-Dépôt légal : janvier 2011
Imprimé en France par Pollina - L55830D

Conte traditionnel
Illustré par Dominique Thibault

Le Bonhomme de pain d'épice

Nathan

Il était une fois une vieille femme en train de faire du pain d'épice. Comme il lui restait de la pâte, elle façonna un petit bonhomme pour son goûter. Avec des raisins secs, elle dessina des yeux, un nez, un grand sourire et les boutons de son habit. Puis elle le mit à cuire.

Au bout d'un moment, elle entendit tambouriner à la porte du four. Elle ouvrit, et, à sa grande surprise, le bonhomme de pain d'épice en sortit d'un bond.

– Reviens tout de suite ! Je t'ai fait pour mon goûter !

Elle voulut l'attraper, mais il lui échappa en criant :

Cours, cours, aussi vite que tu le peux !
Tu ne m'attraperas pas,
je suis le bonhomme de pain d'épice.

La femme le poursuivit dans le jardin où son mari travaillait. Il écarquilla les yeux en voyant passer le bonhomme de pain d'épice. Il fut encore plus surpris de voir sa femme courir après en criant :

– Arrête le bonhomme de pain d'épice ! C'est pour mon goûter !

Il posa sa bêche et voulut aussi le saisir, mais le bonhomme de pain d'épice passa devant lui en criant :

Cours, cours,
aussi vite que tu le peux !
Tu ne m'attraperas pas,
je suis le bonhomme
de pain d'épice.

En arrivant sur la route, il rencontra une vache.
La vache l'appela :
– Arrête-toi ! Tu as l'air bon à manger.
Mais le bonhomme de pain d'épice cria par-dessus son épaule :

J'ai échappé à une vieille femme.
J'ai échappé à un vieil homme.
Cours, cours, aussi vite que tu le peux !
Tu ne m'attraperas pas,
je suis le bonhomme de pain d'épice.

La vache se mit à le poursuivre, suivie du vieux et de la vieille.

Le bonhomme de pain d'épice rencontra un cheval.
– Arrête-toi, dit le cheval. Je voudrais te manger.
Mais le bonhomme de pain d'épice répondit :

J'ai échappé à une vieille femme.
J'ai échappé à un vieil homme.
J'ai échappé à une vache.
Cours, cours, aussi vite que tu le peux !
Tu ne m'attraperas pas,
je suis le bonhomme de pain d'épice.

Et il courait, avec à ses trousses la vieille femme,
le vieil homme, la vache et le cheval.

Il rencontra des paysans qui rentraient le foin.
En sentant la bonne odeur de pain d'épice,
ils crièrent :
– Arrête-toi, bonhomme de pain d'épice,
nous aimerions bien te manger !
Mais le bonhomme de pain d'épice leur cria :

J'ai échappé à une vieille femme.
J'ai échappé à un vieil homme.
J'ai échappé à une vache.
J'ai échappé à un cheval.
Courez, courez,
aussi vite que vous le pouvez !
Vous ne m'attraperez pas,
je suis le bonhomme
de pain d'épice.

Les paysans rejoignirent en courant le cortège,
derrière la vieille femme, le vieil homme,
la vache et le cheval.

Puis le bonhomme de pain d'épice rencontra un renard et lui dit :

Cours, cours, aussi vite que tu le peux !
Tu ne m'attraperas pas,
je suis le bonhomme de pain d'épice.

Tout en pensant :
« Mmm, ce bonhomme de pain d'épice doit être bon à manger ! », le rusé renard répondit :
– Mais je n'ai pas envie de courir, et je ne veux pas t'attraper ! Je ne mange jamais de pain d'épice, c'est mauvais pour les dents.

Après avoir dépassé le renard, le bonhomme de pain d'épice dut s'arrêter devant une rivière large et profonde. Le renard vit la vieille femme, le vieil homme, la vache, le cheval et les paysans qui poursuivaient le bonhomme de pain d'épice. Alors, il lui proposa :

– Monte sur mon dos, je te ferai traverser la rivière.

– Est-ce bien sûr que tu ne me mangeras pas ? demanda le bonhomme de pain d'épice.

– Si tu montes sur ma queue, je ne pourrai pas te manger, répondit le rusé renard.

Le bonhomme de pain d'épice monta sur la queue du renard, qui commença à nager. Bientôt la queue du renard fut toute mouillée.

Alors le bonhomme de pain d'épice grimpa sur le dos du renard.
Au milieu de la rivière, le renard ordonna :
– Monte sur ma tête, bonhomme de pain d'épice, tu y seras au sec.
Le bonhomme de pain d'épice se mit debout sur la tête du renard. Le courant devenait plus rapide et bientôt le bonhomme de pain d'épice n'eut plus que le nez qui dépassait de l'eau.

Le renard dit encore :
– Monte plutôt sur mon museau, bonhomme de pain d'épice, tu y seras au sec. Je pourrai mieux te porter. Je ne veux pas que tu te noies.
Le bonhomme de pain d'épice glissa le long du museau du renard.

Mais une fois arrivé de l'autre côté de la rivière, le renard ouvrit brusquement la gueule, et, miam, il happa le bonhomme de pain d'épice.

Le renard s'assit sur la rive et regarda les paysans, le cheval, la vache, le vieil homme et la vieille femme de l'autre côté de la rivière.
Il se lécha les babines et leur dit :

Courez, courez, aussi vite que vous le pouvez !
Si vous m'attrapez,
vous aurez le bonhomme de pain d'épice.

Car les renards sont intelligents ! Ils savent bien que, pour attraper un bonhomme de pain d'épice, il faut trouver un autre moyen que de courir après lui en criant :
– Arrête-toi, je veux te manger !

Regarde bien ces images de l'histoire.
Elles sont toutes mélangées.
Amuse-toi à les remettre dans l'ordre !

Quelle est la phrase que répète tout le temps le bonhomme de pain d'épice ?

Cours, cours, aussi vite que tu le peux !
Tu ne m'attraperas pas,
je suis le bonhomme de pain d'épice.